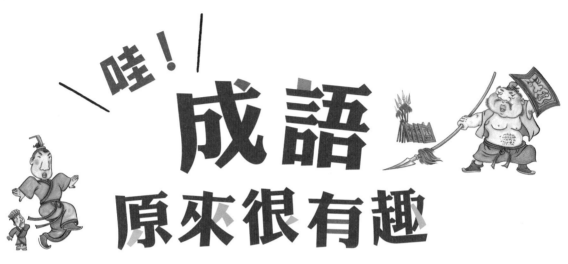

哇！

成語
原來很有趣

4 民間故事篇

作者／鄭軍　繪者／鍾健、蘆江

如何使用本書？

　　成語是傳統文化的沉澱與精華，也是語文學習很重要的部分，為了使學習和閱讀更有效，本書根據小讀者的閱讀習慣和興趣規劃不同的單元，以期達到「喜歡看、記得住、會使用」的效果。

地圖中是什麼？

　　根據成語中的歷史事件所處的朝代繪製當時的地圖，並註明今天對應的地名，讓小讀者了解故事發生的朝代與地點，達到時間與空間的對應。

邯鄲學步

　　戰國時期，燕國壽陵有一位年輕人長相帥氣，穿著打扮也不俗，唯一讓他不滿意的是自己走路的姿勢很難看。他聽說趙國國都邯鄲的人走路的姿勢十分優美，於是跑到邯鄲，在親眼看見那裡的人走路的姿勢後，就開始學他們走路。

　　後來，年輕人又聽說邯鄲有一座大石橋，那裡南來北往的人最多，便跑到橋上觀察別人走路。他一邊觀察，一邊學這些路過的人怎麼抬腿、怎麼擺動手臂、怎麼揮動衣袖。他每天學得滿頭大汗，還是沒有學到邯鄲人優美的走路姿勢，最後竟然連自己原本怎麼走路都忘了，只好爬著回家鄉。

8

故事裡有什麼？

　　用詼諧幽默的文字為小讀者講述成語的來源，並且搭配生動活潑的插圖，讓他們一下子就能將成語融會貫通。而且，透過有趣的故事，更能激發小朋友學習成語的興趣。

「爆笑成語」的作用是什麼？

　　「爆笑成語」是以小讀者的日常生活體驗作為場景，讓他們在具有趣味性的對話中再次加深對成語語境的理解，並且在笑聲中學會成語的運用。

「成語小學堂」是介紹什麼？

　　「成語小學堂」是介紹小讀者感興趣的成語延伸知識，例如歷代名人、成語故事背景、地方見聞，並且搭配插圖，以便更加理解內容。

插圖畫什麼？

　　配合書中內容所繪製的精美插圖，重現了故事中的歷史場景，加深小讀者對故事的理解！

生僻字注音

　　注音隨文排版，讓小讀者閱讀內容時能更加順暢。

前 言

　　小時候是一個網路還不發達的年代，我們都是聽奶奶講民間故事慢慢長大的。記憶中，在夏季涼風徐徐吹來的夜晚，滿天繁星，螢火蟲在花間飛舞，空氣中瀰漫著稻花的香甜，奶奶搖著蒲ㄨ扇坐在院中的大槐ㄏㄨㄞˊ樹下，講故事給我們聽。或是在下雪的冬夜，窗外不時傳來北風的呼嘯聲，大家都圍坐在燒得通紅的爐子周圍，奶奶一邊縫補衣服一邊講故事。每天說的故事都不一樣，可以說一整年。

　　從奶奶的口中，我們知道了女媧ㄨ娘

娘補天，后羿射日拯救人間，牛郎和織女七夕在銀河相會，以及哪吒鬧海等動人傳說。奶奶告訴我們，這些故事都是她的媽媽和奶奶講給她聽的。正是這樣接力的口耳相傳，使中華文化五千年的歷史得以一代代傳承，生生不息，也使得中國民間故事更加精彩。

　　古代阿拉伯有民間故事《一千零一夜》，北歐有《格林童話》，古希臘有《伊索寓言》，而中國的民間故事更是燦若星辰，甚至演變成許多成語流傳至今。本書精選了 22 個民間成語故事，以顯淺易懂的文字、

引人入勝的故事內容，讓小讀者喜歡並從中體會到學習的樂趣。

為了讓小朋友能活學活用，書中設計了多個單元，如成語故事、參考地圖、看圖猜成語、成語小字典、成語接龍、爆笑成語、成語小學堂等。另外，每一個成語故事均搭配了精美的插圖，讓大家能穿越時間和空間，體驗成語的魅力。

透過這些精彩的內容，小朋友能充分理解並且學會使用成語！

目　錄

邯ㄏㄢˊ鄲ㄉㄢ學步

戰國時期，燕國壽陵有一位年輕人長相帥氣，穿著打扮也不俗，唯一讓他不滿意的是自己走路的姿勢很難看。他聽說趙國國都邯鄲的人走路的姿勢十分優美，於是跑到邯鄲，在親眼看見那裡的人走路的姿勢後，就開始學他們走路。

後來，年輕人又聽說邯鄲有一座大石橋，那裡南來北往的人最多，便跑到橋上觀察別人走路。他一邊觀察，一邊學這些路過的人怎麼抬腿、怎麼擺動手臂、怎麼揮動衣袖。他每天學得滿頭大汗，還是沒有學到邯鄲人優美的走路姿勢，最後竟然連自己原本怎麼走路都忘了，只好爬著回家鄉。

「邯鄲學步」的故事發生在邯鄲，邯鄲是戰國時期趙國都城，位於今中國河北省邯鄲市。

❶三足鼎立　❷門可羅雀

成語小字典

【解　釋】　學習邯鄲人走路的姿勢。比喻模仿不成，反而失去自我。

【出　處】　《莊子・秋水》

【相似詞】　東施效顰、壽陵失步

成語接龍

邯鄲學步→步履維艱→艱苦奮鬥→鬥志昂揚→揚眉吐氣→氣象萬千→千方百計→計上心來→來日方長→長吁短嘆→嘆為觀止→止於至善

9

我照著字帖練了一星期的鋼筆字，終於有成果了。

什麼成果？

我寫的字工整到媽媽懷疑作業是別人代寫的，要處罰我。

1 2

3 4

那還是按照以前的風格寫吧！

真是邯鄲學步啊！

可是我忘記原來怎麼寫了。

與成語有關的邯鄲古蹟

　　邯鄲，作為一個城市的名稱，三千多年來沒有改過名字。邯鄲歷史悠久，人文薈萃，名勝古蹟眾多，尤其是和成語有關的古蹟。讓我們穿越歷史，探祕邯鄲古蹟背後的滄桑，感受千年的歷史變遷。

　　學步橋：源於成語「邯鄲學步」。原為木橋結構，因常遭水沖，於明代萬曆四十五年（1617年）改建為石拱橋。橋身長三十二公尺，面寬九公尺，高八公尺，兩旁各有十九塊欄板和十八根望柱，欄板上雕有歷史人物故事，望柱上刻著形態各異的獅子、猴子等動物。

　　毛遂墓：源於成語「毛遂自薦」。毛遂墓在今河北省邯鄲市永年區，被永年列為「平干八景」之一，稱為「毛遂高峰」。身為趙公子平原君趙勝的門客，毛遂在平原君家裡默默無聞的待了三年。西元前 257 年，他自薦出使楚國，促成楚、趙合作，聲威大振，並獲得「三寸之舌，強於百萬之師」的美譽。

　　藺相如回車巷：源於成語「負荊請罪」。回車巷所在的邯鄲道，是古代邯鄲城的中心大道。

　　黃粱夢呂仙祠：源於成語「黃粱一夢」。依據唐代沈既濟所撰傳奇小說《枕中記》裡的著名夢典「一枕黃粱」所建造。

買櫝ㄉㄨˊ還珠

有一個楚國的珠寶商，經常往返於楚國和鄭國之間做生意。有一次，他得到一顆極品珍珠，想賣個好價錢，於是他用上好的木材請木匠做了一個盒子，並且用香木薰得香香的，還在盒子外面刻上精緻的花紋，看上去十分漂亮。

珠寶商把珍珠放進盒子裡，來到了鄭國。當他在市集上把盒子擺出來時，立刻吸引一大群人圍觀。不過，這些鄭國人對珍珠不感興趣，而是對裝著珍珠的盒子評頭論足。有人說，這個盒子一定是魯班做的才這麼高貴；有人說，這個盒子散發的香氣讓人心情愉悦；有人說，盒子上刻的花紋栩栩如生；有人說，盒子的鑲嵌方式巧奪天工。其中有一個鄭國人把盒子拿起來又放下，然後又拿起來仔細察看，最後花大錢買了下來。不過他剛走幾步又回來，珠寶商以為他反悔，正想著要如何說服他時，這個鄭國人竟把珍珠拿出來還給珠寶商，說：「你忘記把盒子裡的東西拿出來了，現在還給你。我們鄭國人很誠實，我只買你的盒子，不能連盒子裡的東西也一起拿走。」珠寶商目瞪口呆，想不到世上還有要盒子不要珍珠的人，便決定找木匠繼續製作盒子來賣。

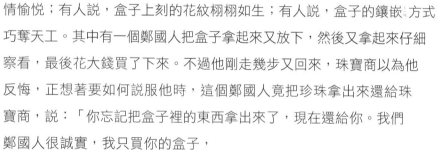

「買櫝還珠」的故事發生在春秋戰國時期的鄭國，鄭國是當時的諸侯國，位於今中國河南省鄭州市一帶。

❶ 牛高馬大 ❷ 大雪紛飛

成語小字典

【解　釋】 櫝：木製的盒子。買了裝珍珠的盒子，而把珍珠退還。後比喻捨本逐末，取捨失當。

【出　處】 《韓非子‧外儲說左上》

【相似詞】 捨本逐末、本末倒置

【相反詞】 去粗取精、取精用宏

成語接龍

買櫝還珠→珠光寶氣→氣沖斗牛→牛高馬大→大雪紛飛→飛蛾撲火→火冒三丈→丈二金剛→剛愎²自用→用心良苦→苦口婆心→心馳神往→往古來今→今非昔比

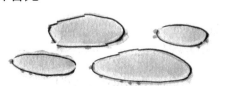

1 2

3 4

韓非

李斯

法家代表人物——韓非

　　韓非是戰國時期的思想家和法家代表人物，《韓非子》不是韓非本人所著，而是韓非逝世後，由後人集結而成。《韓非子》是法家學派的代表著作，《漢書·藝文志》收錄五十五篇，列在「法家」類，與現今版本的篇數相同。

　　韓非的文章構思精巧，描寫大膽，語言幽默，於平實中見奇妙，具有耐人尋味、警策世人的效果。韓非還善於運用大量淺顯的寓言故事和豐富的歷史知識作為論證資料，說明抽象的道理，具體展現他的法家思想和對社會人生的深刻體會。在他的文章中出現很多寓言故事，例如買櫝還珠、濫竽充數、自相矛盾等，因其豐富的內涵、生動的描寫，成為膾炙人口的成語典故而廣為流傳。

　　韓非是韓王之子、荀子的學生、李斯的同學，他深愛自己的祖國韓國，但他的政治主張不被韓王重視。後來，韓非出使秦國，李斯因嫉妒韓非的才能，在秦國將他害死。不過，韓非的法家思想仍被秦王贏政重用，幫助秦國富國強兵，最終統一六國。韓非的思想精深又有遠見，對後世影響深遠。

大槐安國

南柯一夢

唐朝的時候，廣陵有個叫做淳於棼的人，個性豪爽，喜歡喝酒。有一天，他與友人在自家門前的大槐樹下飲酒，因為淳於棼喝了太多而醉得不醒人事，朋友們便扶他到樹下休息。

迷迷糊糊中，淳於棼看見兩個穿紫色衣服的人駕著豪華馬車來到身邊，請他上車，然後車子一路向大樹洞駛去。進了樹洞後，他看見城門上寫著「大槐安國」，只見路上人來人往，市集熱鬧無比，一片繁華景象。大槐安國國王召見了淳於棼，見他長得英俊且有才學，就將公主許配給他，並封他為南柯郡太守。淳於棼把南柯郡治理得井井有條，老百姓安居樂業，因此深受國王的器重和百姓的愛戴。有一年，大槐安國的鄰國檀蘿國舉兵入侵，國王派淳於棼領兵出戰，但淳於棼不懂兵法，被敵人打得落花流水，國王因此震怒，罷了淳於棼的官職。淳於棼氣不過，大叫一聲，從夢中醒來。他醒來後，將夢境告訴朋友們，並且一起回到樹下。他們發現樹下有個蟻穴，挖開一看，穴中的布置竟如同夢裡所見的大槐安國。後來，淳於棼從夢中領悟到榮華富貴的虛浮和人世的變化無常，從此一心向道。

「南柯一夢」的故事發生在廣陵，位於今中國江蘇省揚州市。

成語小字典

【解　釋】　淳於棼夢中出任南柯太守，歷盡人生窮通榮辱，醒來才知道是一場夢。後比喻人生如夢，富貴得失無常。

【出　處】　唐‧李公佐《南柯太守傳》

【相似詞】　黃粱一夢、一枕黃粱

成語接龍

南柯一夢→夢筆生花→花前月下→下里巴人→人傑地靈→靈機一動→動盪不安→安居樂業→業精於勤→勤儉持家→家學淵源→源遠流長→長袖善舞→舞文弄墨

① 雞飛狗跳　② 打家劫舍

1 2

3 4

千古名曲──〈廣陵散〉

南柯一夢的故事發生在廣陵（今江蘇揚州），提到廣陵，不得不提到名曲〈廣陵散〉，魏晉琴家嵇康以善彈此曲著稱。

〈廣陵散〉又名〈廣陵止息〉，是中國音樂史上非常著名的古琴曲，也是中國古代十大名曲之一。〈廣陵散〉的旋律慷慨激昂，是中國現存古琴曲中唯一具有戈矛殺伐戰鬥氣氛的樂曲。〈廣陵散〉一曲淵源已久：漢代應璩與劉孔才的書信中提到「聽廣陵之清散」；魏晉時期嵇康的〈琴賦〉中提到的琴曲亦有〈廣陵止息〉；漢晉間〈廣陵散〉曾作為經藝術加工後的民間歌曲「相和歌」而流傳；宋代郭茂倩《樂府詩集》將〈廣陵散〉列為楚調曲，可能是由於春秋戰國時〈廣陵散〉流行於楚國。

杞^{ㄑㄧˇ}人憂天

從前，有個杞國人的膽子很小，還經常胡思亂想，因為擔憂天會崩塌、地會陷落，每天都睡不著覺，也吃不下飯。後來鄰居聽說了這件事，就來開導他：「天是由氣體聚積而成，氣體本來就是無所不在，你現在已經整天都在這團氣體裡活動、呼吸了，怎麼會擔心它崩塌呢？」終於，杞人停止了對天會崩塌的擔憂，卻轉而憂慮地不知何時會陷落。鄰居又說：「地是由許多土塊累積而成，到處都是，你已經整天都在上面行走，也沒見地陷下去，怎麼會擔心它陷落呢？」杞人聽完這番話後，才放下心中的大石頭。

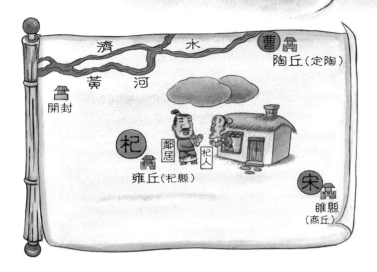

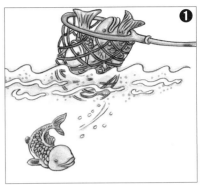

❶竭澤而漁　❷渾水摸魚

「杞人憂天」的故事發生在古代杞國，杞為古國名，姓姒，都城位於今中國河南省開封市杞縣。

成語小字典

【解　釋】　古時候杞國有一個人，因為擔心天會塌下來而憂慮不安。後比喻缺乏根據且不必要的憂慮。

【出　處】　《列子‧天瑞》

【相似詞】　庸人自擾

【相反詞】　高枕無憂、無憂無慮

成語接龍

杞人憂天→天上人間→間不容髮→髮短心長→長袖善舞→舞文弄法→法無二門→門當戶對→對牛彈琴→琴棋書畫→畫蛇添足→足智多謀

1 2

3 4

天真的不會塌下來嗎？

《列子‧湯問》中記載：「昔者，共工與顓頊爭為帝，怒而觸不周之山，天柱折，地維絕。天傾西北，故日月星辰移焉；地不滿東南，故水潦塵埃歸焉。」這段話的意思是共工怒觸不周山之後，支撐天的柱子因為巨大的撞擊而折斷，拴繫大地的繩索也斷了，使天向西北傾斜，所以天上的太陽、月亮和星辰也不能在原來的位置，開始往西北方移動，而大地的東南角塌陷，導致江河積水泥沙都朝東南角流去。在《列子‧湯問》的這段描寫中，天確實塌下來了。在《聖經》裡，也有洪水導致天塌地陷，諾亞造方舟以拯救萬物的情節。當然，這些只是神話傳說，但是在真實的地球歷史上，天確實「塌」下來過。

6500萬年前，一顆小行星撞擊地球，造成統治地球一億六千年的恐龍滅絕。20世紀初，一顆隕石掉落在俄羅斯的西伯利亞地區，使得方圓幾千平方公里的森林被摧毀，如果按照那位杞國人的理解，確實是天崩地陷了。但是在現代科技進步的情況下，有足夠的技術監控地球外的天體，大可不必杞人憂天。

為虎作倀 ㄔㄤ

　　唐朝有位叫馬拯的讀書人，喜歡遊山玩水，他聽說南嶽衡山風景秀美，就去那裡遊歷。天黑的時候，馬拯往回走，經過一片茂密的森林，突然看見大樹上站著一位獵人，獵人向他搖手，叫他不要再往前走。馬拯低頭一看，原來腳下有一個捕獸陷阱！後來，獵人從樹上跳下來，告訴馬拯他正在抓老虎，因為這裡的老虎十分凶猛，要他趕緊爬到樹上躲起來。馬拯和獵人爬上樹後，過了一會兒，只見幾個人搖搖晃晃的走過來，獵人說他們叫做「倀」，不是活人，是被老虎吃掉的人，死後變成倀鬼，幫老虎為非作歹。這些倀鬼看見獵人挖的陷阱，立刻把它拆掉，然後高聲歡呼。又過了一會兒，來了一隻大老虎，這些倀鬼在老虎前面帶路，獵人暗中拉緊弓箭，一箭正中老虎。那些倀鬼看見老虎死了，不禁大哭道：「我們的大王死了！是誰殺了大王？」馬拯聽見後氣憤的喊道：「你們這些為非作歹的傢伙，自己就是在老虎嘴裡喪命，竟然還為牠痛哭，簡直可恨至極！」

❷為虎作倀　❶狐假虎威

「**為**虎作倀」的故事據說發生在衡山，衡山是「五嶽」之一，位於今中國湖南省衡陽市。

成語小字典

【解　釋】倀，傳說中被虎吃掉後，供虎使喚的鬼。指被虎咬死的人，靈魂化為鬼而為虎所役使。後比喻幫惡人做壞事。

【出　處】唐‧裴鉶《傳奇》

【相似詞】為虎添翼、助紂為虐

【相反詞】為民除害

成語接龍

為民除害→害群之馬→馬耳東風→風吹草動→動彈不得→得過且過→過猶不及→及時行樂→樂極生悲→悲天憫人→人心不古

毛皮皮，放學幫我做值日生，我就給你一顆果凍。

可是我剛好有事，沒辦法幫你。

有什麼事啊？幫個忙也不會花多少時間。

1 2
3 4

大壯，你什麼時候學會為虎作倀了？

因為范米粒給了我兩顆果凍。

中國五嶽之一——衡山

　　衡山為中國「五嶽」之一，因位於「五嶽」最南端，又名南嶽。其位於湖南省中部，湘中衡陽盆地北緣，湘江西側，主體部分位於衡陽市南嶽區、衡山縣和衡陽縣東部。

　　「南嶽」一詞最早見於春秋戰國時期，《尚書·虞書》云：「（舜）五月南巡狩，至於南嶽。」而以南嶽稱衡山，最早見於漢初《爾雅》，其〈釋山〉篇有「江南衡」一說，即指江南衡山。後《尚書·大傳》中解《尚書·虞書》云：「南嶽，衡山。」而根據《周禮·職方氏》、《春秋》、《甘石星經》等典籍記載，南嶽依照星宿劃分，對應軫宿玉衡星，所以叫做衡山。

　　衡山是中國著名的道教和佛教聖地，環山有寺、廟、庵、觀兩百多處，它也是上古時期君王唐堯、虞舜巡疆狩獵祭祀社稷，夏禹殺馬祭天地求治洪方法之地。衡山山神是民間崇拜的火神祝融，祂被黃帝委任鎮守衡山，教民用火，化育萬物，被當地尊稱為「南嶽聖帝」。道教「三十六洞天、七十二福地」中，有四處皆位於衡山。

塞翁失馬

在北方邊塞長城一帶住了一位老翁，大家都稱他為塞翁。有一年，塞翁養的一匹馬跑了，鄰居們怕他傷心，都來安慰他，塞翁卻笑著說：「說不定這是一件有福氣的事情呢！」鄰居們都以為他傷心過度，胡言亂語。過了不久，丟失的馬自己回來了，還帶來一匹匈奴寶馬，鄰居們紛紛前來祝賀，塞翁卻皺著眉頭說：「這不一定是好事，可能會有災禍。」鄰居們以為塞翁得了便宜還賣乖，也沒在意。塞翁的兒子是個馴馬高手，有一天在訓練那匹匈奴寶馬的時候，不小心從馬上掉下來，摔斷了腿。鄰居們聽說後趕緊來安慰塞翁，塞翁卻說：「沒什麼，雖然摔斷了腿，但是保住了性命，說不定是件好事。」鄰居們實在不明白摔斷腿怎麼會是好事，認為塞翁肯定是糊塗了。後來匈奴入侵，邊塞的青年都被徵召入伍，不少人戰死沙場，塞翁的兒子因為斷腿，沒有被徵召上戰場，反而保住了性命。

「塞翁失馬」的故事發生在萬里長城，長城是中國古代的軍事防禦工程。

成語小字典

【解　釋】 比喻暫時受到損失，卻因禍得福，終於得到好處。

【出　處】 西漢·劉安《淮南子·人間》

【相似詞】 因禍得福

【相反詞】 樂極生悲、福過災生

成語接龍

塞翁失馬→馬到成功→功成名就→就事論事→事不過三→三生有幸→幸災樂禍→禍不單行→行雲流水→水深火熱→熱火朝天→天下太平

1 2

3 4

成語小學堂

萬里長城

　　萬里長城是一道高聳、堅固且連綿不絕的長牆，它是世界上修建時間最長、工程量最大的古代防禦工程。自開始修建起，不斷修築了兩千多年，分布於中國北部和中部的廣大土地上。

　　長城修築的歷史可追溯到西周時期，發生在西周都城鎬京的著名事件「烽火戲諸侯」就源於此。到了春秋戰國時期，列國爭霸，互相防守，長城修築進入第一個高峰，但此時修築的長度都比較短。秦滅六國統一天下後，秦始皇連接和修繕戰國長城，始有「萬里長城」之稱。明朝是最後一個大修長城的朝代，今天人們看到的長城多是此時修築而成。

　　現在，長城的軍事功能逐漸衰退，文化作用卻不斷增強，除了展現出中華民族的智慧和創造力，也展現了人類的堅強意志和雄偉氣魄。長城不僅是中華民族的象徵，也是人類文明的象徵。

常州

只許州官放火，不許百姓點燈

　　宋朝時，常州的太守叫做田登，為人蠻橫不講道理，尤其對自己的名字非常在意。他不許別人的名字裡有「登」字，甚至談話的時候也不許說「登」字或與「登」同音的字，誰觸犯禁忌就要重罰。

　　有一年元宵節，按照習俗要放花燈，這讓負責寫告示的文吏感到為難。因為如果照實寫，「燈」字就犯了太守的忌諱，但是不寫「燈」字，又無法表達清楚。最後，文吏用「火」字代替了「燈」字。可是告示一貼出來，全城百姓看見告示上寫著：元宵節全城放火三天，都嚇壞了，以為真的要放火，那不是把全城都燒了嗎？於是百姓們奔走詢問，文吏只好一一解釋，後來百姓都罵太守「只許州官放火，不許百姓點燈」。

元宵節全城放火三天

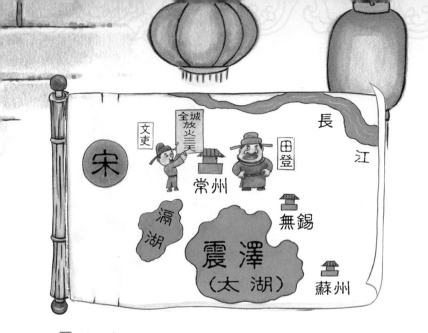

❶

❷

❶梅花迎雪　❷如魚得水

「只許州官放火，不許百姓點燈」的故事發生在常州，位於今中國江蘇省常州市。

成語小字典

【解　釋】　比喻在上位者可以為非作歹，在下位者卻受到種種的限制。

【出　處】　宋・陸游《老學庵筆記》

【相似詞】　獨斷專行、肆意妄為

成語接龍

只許州官放火，不許百姓點燈→燈紅酒綠→綠水青山→山窮水盡→盡忠報國→國色天香→香車寶馬→馬耳東風→風調雨順→順手牽羊→羊質虎皮→皮開肉綻

33

媽媽，為什麼你和爸爸可以看電視，我不能看呢？

因為你要寫作業。

這是只許州官放火，不許百姓點燈啊！

1 2

3 4

太棒了！

那你也來看吧！

老公，請轉到《英語教室》頻道。

成語小學堂

元宵節的習俗

　　元宵節是中華民族的傳統節日，所謂「正月十五鬧元宵」，從「鬧」這個字就知道有多麼熱鬧了。如果春節是闔家團圓、辭舊迎新的節日，那麼元宵節就是舉國歡騰、萬民同樂的節日。各地過元宵節的習俗不一，但歸納起來有以下幾個。

　　放花燈：從古至今，元宵節前後幾天，無論是官府或百姓，都會在熱鬧的街頭巷尾點上花燈，人們也會興致勃勃的觀賞、品鑑、評論各色花燈。古詩裡「花市燈如晝」說的就是這個繁華景象。

　　各種花會表演：例如舞龍舞獅、踩高蹺等。

　　吃元宵：每年這個時候，家裡都會準備好吃的元宵。

　　猜燈謎：這也是元宵節期間人們喜愛的活動，出謎的人展現才華，猜謎的人絞盡腦汁。曹雪芹的《紅樓夢》裡就有元宵節時猜燈謎的描寫。

七步之才

東漢時期，曹操的兒子之中，屬曹植最有才華，寫的文章廣為流傳，因此曹操很想讓他當繼承人。曹操的另一個兒子曹丕知道後非常不安，經常當著曹操的面說曹植的壞話，加上曹植本人不拘小節，曹操便開始疏遠曹植。

過了幾年，曹操病逝，曹丕繼承曹操的丞相之位。後來，曹丕廢了漢獻帝，自己當上皇帝。曹丕稱帝後，總是找藉口懲治曹植，穩固自己的皇位。有一天，曹丕以曹植在曹操喪事期間沒有禮節為理由，要將他問罪。在審訊曹植的時候，曹丕嘲笑曹植沒有文采，寫的文章都是別人代筆的，並且命令曹植在七步之內寫一首關於兄弟的詩，但詩中不許有「兄弟」二字，如果七步內寫不出來就要處死。曹植看到兄長如此對待自己，悲憤不已，沒走完七步，詩句就脫口而出：「煮豆持作羹，漉菽以為汁。萁在釜下燃，豆在釜中泣。本自同根生，相煎何太急？」曹丕聽了之後非常羞愧，於是放過曹植，將他貶謫到很遠的地方。

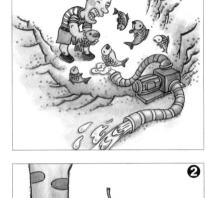

❷一葉知秋　❶渾水摸魚

「七步之才」的故事發生在洛陽，洛陽是三國時期魏國都城，位於今中國河南省洛陽市。

成語小字典

【解　釋】　有七步成詩的才華。形容人才思敏捷。

【出　處】　南朝宋·劉義慶《世說新語·文學》

【相似詞】　文不加點、八斗之才、出口成章

【相反詞】　才疏學淺、江郎才盡

成語接龍

七步之才→才疏學淺→淺嘗輒止→止渴思梅→梅開二度→度日如年→年輕氣盛→盛氣凌人→人來人往→往返徒勞→勞民傷財→財大氣粗

1 2

3 4

成語小學堂

建安文學代表人物——三曹

　　讀過〈七步詩〉的人可能會為曹植的悲慘遭遇而感嘆，也會為曹丕骨肉相殘的行為而憤慨，因此很多人可能認為曹植才華洋溢，而曹丕不學無術，只知玩弄權術。實際上，曹丕的文學修養和才華絲毫不亞於曹植。而且曹操、曹丕、曹植父子三人都對當時的文壇具有極大的影響力，是建安文學的代表，為後人留下寶貴的文化遺產。

　　曹操既是傑出的軍事家、政治家，也是一位詩人，他的部分詩作真實反映了東漢末年動亂的社會現實和百姓的苦難。例如〈蒿里行〉抒發了他的人生抱負和統一天下的雄心壯志；〈觀滄海〉展現了他寬廣博大的胸懷和氣概；〈龜雖壽〉抒寫了壽命有限而老當益壯的積極進取精神；〈短歌行〉抒發了求賢若渴的心情和建功立業的決心。

　　曹丕的詩多為對人生感慨的抒發和人生哲理的思考，題材上除一部分寫遊賞之樂的宴遊詩外，以表現遊子行役思親懷鄉、征人思婦相思離別居多。最著名的是〈燕歌行〉二首，為中國現存最早的完整七言詩，對後代歌行體詩的發展產生重大的影響。

　　曹植天資聰穎，才華過人。〈洛神賦〉是曹植經過洛水時想起洛水之神宓妃的傳說，有感而作。全篇筆觸細膩，文辭豔麗，唯妙唯肖的刻畫了神女美好、靈動而又虛無縹緲的形象，淋漓盡致的抒發了人神相遇、相知卻不能結合的無盡悲傷悵惘之情。

掩耳盜鈴

春秋時期，晉國有兩大貴族——智氏和范氏，後來智氏滅了范氏。范氏被滅後，有一個小偷想趁火打劫，到范氏家裡偷東西。他在范氏的家中看到一口由青銅鑄成的大鐘，十分漂亮，偷出去一定能賣個好價錢。但是鐘又大又重，光靠他一人之力根本運不走，於是小偷打算把鐘打碎再一塊一塊拿走。他找來一把大錘，用力朝大鐘砸去，卻聽到「哐」一聲巨響，小偷嚇了一大跳，害怕鐘聲會引起他人注意，急忙將自己的雙耳搗住，以為自己聽不見，別人也聽不到了。接著，小偷再次拿起大錘砸向大鐘，剛砸了兩下，就被聞聲而來的人抓住了。

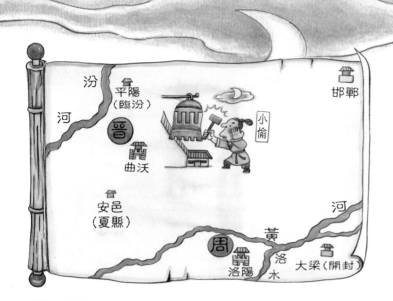

❶垂涎三尺　❷兩虎相鬥

「掩耳盜鈴」的故事發生在春秋時期的晉國，位於今中國山西省大部分、河北省西南部。

成語小字典

【解　釋】　鈴：鐘。小偷盜鐘時，怕鐘發出的聲音會引他人前來，因而急忙掩住自己的耳朵。後比喻妄想瞞騙他人，結果只是欺騙自己而已。

【出　處】　《呂氏春秋・不苟論・自知》

【相似詞】　自欺欺人、掩目捕雀、掩鼻偷香

【相反詞】　開誠布公

成語接龍

自欺欺人→人山人海→海底撈針→針鋒相對→對答如流→流芳百世→世外桃源→源源不絕→絕無僅有→有備無患→患得患失→失而復得→得寸進尺→尺幅千里

毛皮皮，又在偷偷玩遊戲，你這是掩耳盜鈴。

媽媽，我不是偷偷的玩。

1 2

3 4

那是什麼？

我是光明正大的玩遊戲啊！

因為一句話，失去統治國家的機會

　　掩耳盜鈴的故事中，提及了智氏和范氏兩個家族，這兩個家族在晉國的權勢很大。春秋末年，晉國王室衰弱，權力落到大臣手裡，當時掌權的是智氏、趙氏、韓氏、魏氏、范氏和中行氏六家，稱為「六卿」。智氏領主智伯聯合韓、趙、魏三家滅掉范氏和中行氏，並分得兩家大部分的土地，成為最強大的一家。後來，智伯想削弱韓、趙、魏三家的勢力，就聯合韓、魏討伐趙氏，趙氏領主趙襄子寡不敵眾退守晉陽，聯軍久攻不下，詭計多端的智伯便掘開晉水大堤，以水淹晉陽。智伯乘馬車來到晉陽城前觀看水勢，當時由韓氏領主韓康子站在中間駕車，智伯站在左邊，魏氏領主魏桓子站在右邊。智伯感嘆的說：「從前我不知道水可以毀滅一座城，但今天知道了，像是汾水可以淹安邑，絳水可以淹平陽。」誰知這句話闖了大禍，因為安邑是魏氏都城，平陽是韓氏都城，韓康子和魏桓子聽到後都對智伯很不滿。後來趙襄子派張孟談出城說服韓、魏背叛智氏，於是三家聯合滅了智氏，最後，韓、趙、魏三家分晉。智伯因為一句話，失去統治晉國的機會。

八仙過海，各顯神通

中國民間傳說中有八位神仙，分別是鐵拐李、呂洞賓、漢鍾離、藍采和、韓湘子、曹國舅、何仙姑和張果老，他們的法術各不相同，都是驅魔除害的高手，住在海上三仙山，經常一起懲惡揚善，造福百姓。

有一天，八位仙人在蓬萊山上聚會飲酒，興致正高時，接到王母娘娘的邀請，讓他們赴蟠桃宴會。呂洞賓建議大家各自使出看家本領過海，看誰先過去，眾人齊聲附和。

鐵拐李先把裝酒的葫蘆拋下海，葫蘆立刻變成一艘大船，鐵拐李隨即坐了上去。漢鍾離把手中的芭蕉扇扔到大海裡，扇子瞬間變大，他醉眼惺忪的跳到扇子上，悠哉的向大海漂去。何仙姑把荷花往海裡一放，小荷花變得巨大無比，何仙姑則站到上面漂往大海。其他幾位神仙也紛紛使用自己的法寶過海，有長劍、笛子、刻有文字的玉片等。最後輪到張果老，只見他從袖口取出一張紙驢，然後扔向大海，紙驢馬上變成真驢，張果老倒騎著驢子也出發了。就這樣，八位神仙各顯神通，渡過大海。

❶騰雲駕霧　❷出其不意

「八仙過海」的故事據說發生在蓬萊閣，位於今中國山東省煙臺市蓬萊區。

成語小字典

【解　釋】　據說漢鍾離、張果老等八位仙人各以寶物渡海。後比喻為達目的，各自施展本領。

【出　處】　明・羅懋登《三寶太監西洋記通俗演義》

【相似詞】　各顯其能、大顯神通

【相反詞】　黔驢技窮

成語接龍

八仙過海，各顯神通→通今博古→古稀之年→年深日久→久負盛名→名正言順→順天應人→人來人往→往返徒勞→勞苦功高→高山流水→水落石出→出水芙蓉

媽媽，昨天毛綿綿在同樂會上表演唱歌、范米粒表演跳舞、大壯表演舉啞鈴，默默表演魔術。

真是八仙過海，各顯神通啊！

1 2
3 4

那你表演什麼？

我表演 1 分鐘吃完雞腿。

成語小學堂

海上三仙山

　　根據《史記》記載，東海上有三座仙山，分別是蓬萊、方丈與瀛洲。這三座仙山在很多古籍上都有描寫，傳說山上有神仙和長生不老藥，住在那裡的飛禽走獸都是白色的，宮殿是由黃金和白銀建成。

　　有一次，秦始皇在方士徐福等人的陪同下，來到渤海邊的山崖上看海，突然，眾人在海面上看到一座山峰。秦始皇連忙問徐福：「那是什麼山？」徐福不知道那座山的名字，但是他看到海面上漂浮著一種水草，想起以前聽別人說過這種水草叫做「蓬萊」，於是他靈機一動，說那座山就叫「蓬萊」。秦始皇很興奮，立刻派人乘船前往那座山峰，可是當那些人來到山腳下時，那座山竟然消失了！被派去的人回來後，馬上向秦始皇報告自己看到的一切。秦始皇聽聞後，以為世上真的有「蓬萊仙山」，便下令尋找長生不老藥的藥方。

　　後來，人們經常用「蓬萊仙境」來比喻那些看起來很美好，實際上根本不可能到達的境地。其實，秦始皇當年看到的可能是海市蜃樓，不過當時的科學解釋不了這種現象，就以為是仙山。與海上三仙山有關的另一個著名故事是八仙過海，而海上三仙山也隨著這個故事名聞天下。

夜郎自大

漢朝的時候，西南邊境有兩個很小的國家，分別叫做滇國和夜郎國。這兩個國家的面積大約和漢朝的一個郡差不多大，但是這兩個國家的國王都自以為統治的是天下第一大國。

有一天，夜郎國國王帶著大臣們巡視全國，早上出門，晚上就回到皇宮，國王以為自己的國家太大，居然要用一天的時間才能走完，便沾沾自喜。他問大臣們：「哪個國家最大？」大臣們趕緊說：「當然是我們夜郎國最大。」國王聽了，更加認為夜郎國是全天下最大的國家。

有一次，漢朝的使者出訪夜郎國，途經夜郎國的鄰國滇國時，滇國國王問使者：「漢朝和滇國相比，哪個領土比較大？」使者嚇了一跳，沒想到有這麼無知的人。等他到了夜郎國，夜郎國國王也問了同樣的問題。使者哭笑不得，只好如實回答：「夜郎國的領土只有漢朝的一個郡那麼大。」夜郎國國王聽了，頓時目瞪口呆。

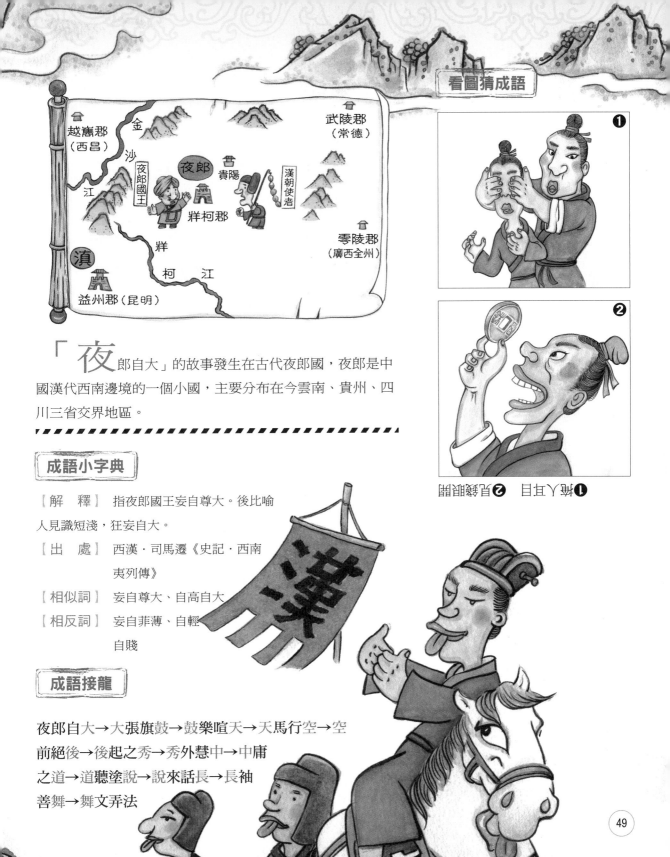

越雟郡
（西昌）

金沙江

武陵郡
（常德）

夜郎國王

夜郎

貴陽

漢朝使者

牂柯郡

零陵郡
（廣西全州）

牂柯江

滇

益州郡（昆明）

❶

❷

❶捧人耳目　❷自賣自誇

「**夜**郎自大」的故事發生在古代夜郎國，夜郎是中國漢代西南邊境的一個小國，主要分布在今雲南、貴州、四川三省交界地區。

成語小字典

【解　　釋】　指夜郎國王妄自尊大。後比喻人見識短淺，狂妄自大。

【出　　處】　西漢・司馬遷《史記・西南夷列傳》

【相似詞】　妄自尊大、自高自大

【相反詞】　妄自菲薄、自輕自賤

成語接龍

夜郎自大→大張旗鼓→鼓樂喧天→天馬行空→空前絕後→後起之秀→秀外慧中→中庸之道→道聽塗說→說來話長→長袖善舞→舞文弄法

1 2

3 4

夜郎國真的是一個袖珍小國嗎？

在中國西南地區，古時候生活著很多民族和部落，由於受到地形、氣候等因素的限制，這些分散的部落各自為政，建立的國家疆域都很小，其中包括夜郎國。

夜郎國大約出現於戰國時期，此時國力還非常弱小。後來不斷向四周擴張，到了漢朝初年，夜郎國已不再是戰國時期那個弱小的國家了。司馬遷在《史記·西南夷列傳》中記載：「西南夷君長以什數，夜郎最大。」當時夜郎國的面積差不多與今天貴州省的面積相當，這樣的面積在古代不算小國。那麼，為什麼又說「夜郎自大」呢？這是因為漢朝使者經過滇國和夜郎國的時候，都被問及漢朝和這兩個國家相比誰的疆域更大，漢朝使者不禁對這些人的無知感到驚訝。再加上蒲松齡《聊齋志異》裡引用夜郎的典故來形容自大，之後人們就習慣將夜郎和自大聯想在一起。

愚公移山

傳說在河南、漢水之間有兩座大山，一座叫王屋山，一座叫太行山，兩座山都非常高大險峻。在這兩座山的北邊住了一位叫做愚公的九十歲老人，因為大山攔阻，使他每次出門都要翻山越嶺或繞道，十分不方便。

有一天，愚公召集兒孫說：「這兩座大山擋在家門口，讓我們出入困難。我想和你們一起把山剷平，你們覺得怎麼樣？」大家一致同意，可是愚公的妻子卻說：「以你的力量，連一座小山丘都損毀不了，怎麼可能剷平太行、王屋那樣的大山！再說，你要把挖出的土石放在哪裡？」這時有人提議可以將土石丟到海裡，解決放置土石的問題後，愚公就率領他的兒孫們進行移山的工作。有位叫做智叟的老人得知這件事後，勸愚公說：「你已經這麼老了，時日不多，怎麼可能把山移走呢？」愚公說：「就算我死了，還有我的兒子，兒子死了還有孫子，孫子也會有孩子，子子孫孫可以不斷移山。山又不會長高，怎麼可能剷不平呢？」山神聽說這件事後向天帝報告，天帝被愚公的精神感動，便命令大力士把兩座山搬走。

①

②

①垂簾聽政　②錦上添花

「**愚**公移山」故事中的王屋山位於今中國河南省濟源市、山西省晉城市陽城縣、山西省運城市垣ゼ曲縣之間。

成語小字典

【解　釋】　傳說愚公苦於家門前有太行、王屋二山阻攔出路，因而率領子孫挖掘土石，決心剷平二山。後比喻努力不懈，終能達成目標。或比喻效率不佳。

【出　處】　《列子・湯問》

【相似詞】　精衛填海、鐵杵磨針

【相反詞】　畏難而退、半途而廢

成語接龍

愚公移山→山窮水盡→盡力而為→為人師表→表裡如一→一諾千金→金戈鐵馬→馬首是瞻→瞻前顧後→後生可畏→畏首畏尾→尾大不掉→掉以輕心→心滿意足→足不出戶→戶限為穿→穿針引線

我昨天看了愚公移山的故事，覺得很感動。

有什麼心得嗎？

我決定向愚公學習，做一個有毅力、有恆心的人！

1 2

3 4

要怎麼做呢？

……

我決定一口氣把這本1000頁的漫畫看完。

王屋山

　　愚公移山的故事家喻戶曉，故事中，愚公為了出行方便，決定移走家門口的太行山和王屋山。太行山位於山西、河南一帶，王屋山則位於今河南省濟源市西，東依太行山、南臨黃河、西接中條山、北連太嶽山，主峰天壇山高一千七百多公尺。除了是愚公移山故事的發生地，王屋山也是中國古代九大名山之一，在道教盛行的時期，曾位列道教十大洞天之首，被稱為「天下第一洞天」、「太行之脊」。王屋山還是軒轅黃帝祭天之地，歷代很多帝王也在此祭天。

　　王屋山山名的由來有兩種說法：一種是說山中有洞，洞中宛若王者宮殿；一種是說山有三重，形狀如房屋，所以叫王屋。王屋山上有一個村子叫愚公村，據說就是愚公一家居住之地。

揠(一ㄚ)苗助長

　　戰國時期，宋國有一位農夫是個急性子。有一年春天，他剛種下秧苗沒多久，就一直擔心秧苗能不能順利成長，每天都到田裡察看它們有沒有長大？長高了多少？後來，他感覺自己種的秧苗都沒有長高，而且好像比鄰居家的矮了不少，於是他把自己田裡所有的秧苗都往上拔起一點。當他疲憊的回到家後，告訴家人說：「為了幫助秧苗長大，今天真是累死了。」他的兒子一聽，趕緊跑到田裡，結果發現那些秧苗都已經枯死了。

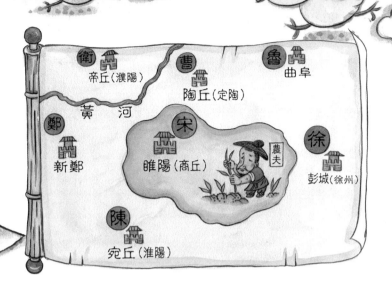

❶畫地為牢　❷愛心投籃

「**揠**苗助長」的故事發生在戰國時期的宋國，位於今中國河南省商丘市一帶。

成語小字典

【解　釋】 揠，拔起。指拔苗以助其成長，反而讓苗枯死了。比喻使用不當的手段以求速成，結果不但無益，反而有害。

【出　處】 《孟子·公孫丑上》

【相似詞】 欲速不達

【相反詞】 循序漸進、按部就班

成語接龍

揠苗助長→長幼尊卑→卑躬屈膝→膝行肘步→步履維艱→艱苦卓絕→絕處逢生→生龍活虎→虎頭蛇尾→尾大不掉→掉以輕心

為什麼？

媽媽，你以後不要再天天逼我複習功課了。

你這是揠苗助長，反而會降低我的學習意願。

1 2
3 4

好吧！我以後不拔苗了。

這就對了！

那我改成施肥吧！今天多做十張練習卷。

成語小學堂

為什麼不能破壞植物的根？

在揠苗助長的故事裡，那位宋國的農夫為了讓秧苗長得快而拔起來，卻不知這樣做破壞了秧苗的根，導致它枯萎死亡。那麼，植物的根為什麼不能破壞呢？

植物的根非常重要，看似細小的植物，其實根部非常發達，例如向日葵的根可以向四周伸展五公尺，沙漠中名為駱駝刺的植物根部可以深入地下二十公尺，黑麥的根毛加起來可以長達六百公里。植物之所以有這麼長的根，是因為需要從土壤中吸收水分和養分。同時，根也是植物的「高速公路」，具有傳導的作用，水分和養分可以順著這條高速公路直達莖、葉、花，使植物正常生長。另外，根也有固定的作用，使植物不會輕易被風吹倒。有些植物的根還有貯藏室的功能，能夠儲存植物需要的養分，像是人類常吃的蘿蔔、馬鈴薯、番薯等，實際上都是植物的根。

根對植物來說如此重要，當然不能破壞它，那位揠苗助長的農夫，破壞了自然界的規律，最終落得沒有收成且貽笑大方的下場。

59

逼上梁山

　　北宋年間，綽號「豹子頭」的林沖在都城開封擔任八十萬禁軍教頭。有一天，林沖帶著妻子到市集，途中遇到了好朋友魯智深，兩人談得正高興時，僕人跑來告訴林沖有人在調戲夫人，林沖急忙跑過去要阻止那名歹徒。但歹徒卻說：「你知道我的義父是誰嗎？我的義父是高俅。」原來，此人是林沖上司高俅的義子高衙內，林沖只好無奈的把他放走。高衙內回去以後不甘心，一心想霸占林沖的妻子，於是和高俅密謀要除掉林沖。他們假借看刀的名義騙林沖進入白虎堂，然後誣告他持刀行凶，最後把他發配到滄州充軍。他們還買通差役，計劃行經野豬林的時候殺害林沖，幸虧魯智深暗中保護，林沖才倖免於難。

　　到了滄州，林沖被分到草料場看守草料。高俅等人還不死心，又派人趕到滄州，放火燒了草料場，這樣即使林沖不被火燒死，也會因為失職被處死。當大火燒起來時，林沖正好聽到高俅派來的人在談論陷害自己的奸計，不禁怒火中燒，在走投無路之下，和魯智深投奔梁山而去。

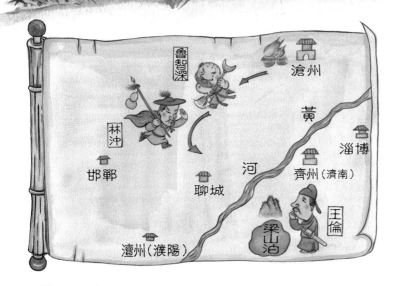

「逼上梁山」的故事發生在滄州，位於今中國河北省滄州市。

❶ 近水樓臺　❷ 單槍匹馬

【解　釋】　《水滸傳》中寫林冲因遭到誣陷，臉上被刺字，並發配滄州充軍，終被逼上梁山，落草為寇。後比喻被迫走上絕路，而做出自己不想做或不應做的事。

【出　處】　明‧施耐庵《水滸傳》

【相似詞】　鋌而走險

【相反詞】　心甘情願

逼上梁山→山南海北→北雁南飛→飛禽走獸→獸面人心→心懷不滿→滿腔怒火→火上澆油→油腔滑調→調虎離山→山清水秀→秀外慧中

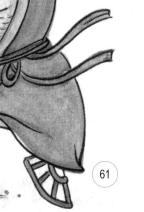

61

成語小學堂

滄州鐵獅子

　　林沖雪夜上梁山的故事發生在滄州，即今河北滄州。滄州被稱為「武術之鄉」，歷史文化底蘊深厚，讓其名揚天下的是著名的滄州鐵獅子。

　　滄州鐵獅子又稱作「鎮海吼」，鑄造於後周廣順三年（953 年），是中國現存大型鑄鐵藝術品中年代較早的一件。滄州鐵獅子身長 6.264 公尺，體寬 2.981 公尺，通高 5.47 公尺，腹部中空，重約三十二噸。獅身用數百塊約三十公分的正方形鐵塊，以分截疊鑄法澆鑄而成。獅身原有多處銘文，但大多已不清晰，腹內有經文，背上有形似蓮盆的盆狀物。關於鐵獅的用途，一說為文殊菩薩像底座，據民國《滄縣誌》記載，鐵獅原在開元寺前；另一說鐵獅由當地百姓捐資鑄造以鎮海嘯，故又稱「鎮海吼」。

黃粱一夢

唐朝的時候，有一個窮困潦倒的盧姓書生，某一次路過邯鄲的途中，在一家旅店裡巧遇一位呂姓道士，兩人相談甚歡。交談一陣子後，盧生感到疲倦，想休息一下，於是道士拿了一顆枕頭給盧生，讓他睡一會兒。此時，旅店的主人正在蒸煮黃粱飯。

睡夢中，盧生夢到自己娶了崔氏大戶人家的女兒為妻，而且官運亨通，享受著無盡的榮華富貴，一直活到很老才死去。就在這時候，盧生因為伸了個懶腰而醒來，發現自己睡在旅店中，而道士仍在身邊，旅店主人的黃粱飯都還沒有蒸熟。盧生很驚訝，因為他看到的事物都和原來一樣，就說：「難道那些榮華富貴都只是一場虛幻的夢境嗎？」道士回答：「現在你應該知道，人一生所追求的，不過就像一場夢而已！」

「黃梁一夢」的故事發生在黃粱夢鎮，位於今中國河北省邯鄲市北。

成語小字典

【解　釋】　比喻榮華富貴如夢般短暫而虛幻，且終歸泡影。
【出　處】　唐·沈既濟《枕中記》
【相似詞】　南柯一夢、過眼雲煙
【相反詞】　美夢成真

成語接龍

黃粱一夢→夢寐以求→求之不得→得道多助→助人為樂→樂在其中→中原逐鹿→鹿死誰手→手下留情→情深義重→重於泰山→山盟海誓

人為什麼會做夢？

　　幾乎每個人都做過夢，但是關於人為什麼會做夢，目前還沒有確切的答案。有研究顯示，人在入睡之後，大腦的多數皮層也進入了休息階段，但還有一部分神經細胞依然在工作，因此才會產生夢境。夢境本質上是源自於生活，與一個人的日常生活經歷有一定的關係，尤其是心思越集中的地方、印象越深刻的事情，影響越大，還有一部分夢境跟生活中受到的刺激有關係。

　　關於夢的理論，主要有以下幾種：

　　心理動力學認為，人在白天被壓抑的欲望，能以偽裝的形式在夢中出現，以得到滿足。

　　認知心理學認為，夢境是清醒時無法解決的問題的延伸。

　　生物學認為，夢是大腦試圖對睡眠時的快速動眼期中，腦活動的無序內容做出解釋的展現。

名落孫山

　　宋朝的時候，吳地平江府有個讀書人叫做孫山，此人很有才學，而且風趣幽默。有一年，孫山和同鄉的兒子一起到京城參加科舉考試。放榜那天，同鄉的兒子沒有考取，孫山則是名列榜單的最後一名。

　　孫山回到家後，同鄉前來詢問自己的兒子有沒有考取，孫山不好意思說沒有，便靈機一動，回答：「解名盡處是孫山，賢郎更在孫山外。」意思是說：我孫山考取了最後一名，而你的兒子還在我的後面呢！

❶ 緣木求魚　❷ 老馬識途

「名落孫山」的故事發生在平江府，平江府是宋朝時蘇州的稱呼。

成語小字典

【解　釋】　名落於孫山之後，指參加考試或選拔沒有被錄取。

【出　處】　宋‧范公偁《過庭錄》

【相似詞】　榜上無名、曝鰓龍門

【相反詞】　金榜題名、魚躍龍門

成語接龍

名落孫山→山窮水盡→盡善盡美→美如冠玉→玉樹臨風→風吹草動→動人心弦→弦外之音→音信杳然無→無地自容→容光煥發→發人深省

1 2

3 4

成語小學堂

科舉制度

　　科舉制度誕生於隋朝，是中國古代統治者為選拔人才而創立的考試制度，採「學而優則仕」，也就是學習有成後，就可以從政。

　　魏晉以來，採用九品中正制選拔官員，即官員大多從各地高門權貴的子弟中選拔，無論優劣都可以當官，而許多出身低微但有真才實學的人卻不能擔任官吏。為了改變這種弊端，隋文帝開始用分科考試來選拔人才。隋煬帝時期正式設置進士科，考核參選者對時事的看法，按考試成績選拔人才，科舉制度正式確立。

　　科舉制度是古代較為公平的人才選拔形式，擴大了官吏選拔的範圍，並且使大量出身於社會中下層的人士得以進入統治階級。科舉制度創立之初，展現出生氣勃勃的進步性，形成中國文化發展的黃金時代。然而到了後期，科舉制度的弊端日益增多，1905年，延續了一千三百多年的科舉制度最終被廢除。

自相矛盾

楚國郢都有一個市集，每到趕集的日子，各地的商人都會帶著琳瑯滿目的商品前來販售。大家為了招攬生意，都扯開嗓子高聲叫喊。

這一天，市集上來了一個賣兵器的商人。只見這個商人拿著一支矛高聲誇讚：「大家快來看！我賣的矛最鋒利，什麼東西都能刺穿，不管是鐵板或金磚，只要用我手上的矛，一次就能刺破！」然後，他又拿起一個盾牌誇讚：「走過路過不要錯過！我賣的盾最堅固，鐵錘打不破，刀槍也穿不透！」這個商人口若懸河宣傳他賣的東西。這時，有人出聲問道：「老闆，如果用你的矛刺你的盾，會怎麼樣呢？」這個商人突然愣住，張著嘴不知該如何回答。過了一會兒，他將矛和盾收起來，迅速跑走了，周圍的人哄堂大笑。

❷

「自相矛盾」的故事發生在郢都，郢都是春秋戰國時期楚國都城，位於今中國湖北省荊州市。

❷拍案而起　❶自相矛盾

成語小字典

【解　釋】　比喻言語或行事前後無法呼應，互相牴²觸。

【出　處】　《韓非子·難一》

【相反詞】　言行一致、表裡如一

成語接龍

表裡如一→一心一意→意氣用事→事與願違→違心之論→論功行賞→賞心悅目→目空一切→切膚之痛→痛心疾首→首屈一指→指日可待

1 2
3 4

戰國時期的商人

　　人類的商業行為很早就出現了，從一些成語中可以看出商業在春秋戰國時期非常興盛，例如「買櫝還珠」、「鄭人買履」、「自相矛盾」等。而在春秋戰國時期出現了四大富商，他們甚至能夠左右國家的興衰和對外的戰爭。

　　白圭：戰國時期洛陽著名的商人，他的老師是大名鼎鼎的鬼谷子。白圭被後人稱為「商祖」。

　　端木賜：字子貢，是孔子的得意門生，善於經商之道，為孔子弟子中的首富。孔子能周遊列國，與端木賜的資助也有關係。

　　范蠡：傳說范蠡在幫助越王句踐復國後，急流勇退，隱居做起了生意。沒幾年，他經商又成巨富，自號陶朱公。因為他有如傳奇般的經商事蹟，使范蠡被後人尊稱為「商聖」。

　　呂不韋：他透過種種手段，扶植在趙國當人質的異人回到秦國。後來，異人成為秦王，呂不韋被封為宰相，位高權重。

端木賜

范蠡

白圭

刻舟求劍

戰國時期，有個楚國人乘船渡江，船到江心的時候，因為水流湍急，船隻行駛左搖右晃，一不小心，這位楚國人的寶劍就掉到水裡了。同行的其他乘客都替楚國人感到著急，有幾名會游泳的乘客甚至要跳江去撈劍。

這時，楚國人不慌不忙的說：「大家不要急，劍掉進江裡時，我已經用小刀在船身上刻了記號。」等船靠岸，楚國人立刻從刻著記號的地方下水找劍，眾人都不明白他為什麼要這樣做，只聽到他自言自語：「我的寶劍明明是從這個地方掉下去的，我怎麼找不到了呢？」一旁的人聽了都哈哈大笑。

「**刻**舟求劍」的故事發生在戰國時期的楚國,楚國是當時的諸侯國,位於今中國的湖北、湖南一帶。

看圖猜成語

① 痛哭流涕　②擀麵杖吹火

成語小字典

【解　釋】　劍掉入水中,在船舷上刻上記號,待船停止後仍從記號處下水尋劍。比喻拘泥固執,不知變通。

【出　處】　《呂氏春秋·慎大覽·察今》

【相似詞】　守株待兔、食古不化

【相反詞】　見機行事、通權達變

成語接龍

刻舟求劍→劍拔弩張→張冠李戴→戴罪立功→功德無量→量力而為→為人師表→表裡如一→一馬平川→川流不息→息息相關

1 2

3 4

結合各家思想的《呂氏春秋》

　　刻舟求劍的故事出自《呂氏春秋‧慎大覽‧察今》。《呂氏春秋》又名《呂覽》，是呂不韋召集門下賓客，「兼儒墨，合名法」，結合各家思想編纂而成的一部書。呂不韋是韓國陽翟的大商人，往來各地，積累起千金的家產。後來，呂不韋資助秦國派往趙國的人質異人登上王位，因而得到很多好處，於是開始結交天下有識之士，豢養門客。

　　等到一切準備就緒，呂不韋就命門下能寫文章的人把自己的所見所聞和感想都寫出來。交出來的文章五花八門，古往今來、上下四方、天地萬物、興廢治亂、士農工商、三教九流等全都有所論及，甚至許多文章的內容還有重複。於是，呂不韋又挑選幾位寫作高手對這些文章進行篩選、歸類和刪訂，然後集結成書，取名為《呂氏春秋》。為了擴大影響，呂不韋還想出一個絕妙的宣傳辦法，他請人把全書謄抄整齊，懸掛在秦國都城咸陽城門，聲稱如果有人能改動一字，即賞千金。消息傳開後，人們蜂擁而至，包括各諸侯國的游士賓客在內，卻沒有一個人能對書上的文字加以改動。這部成於戰國時期的大作，保存了不少古代的遺文佚事和思想觀念，具有一定的歷史及文化價值。

班門弄斧

　　魯班是春秋時期魯國著名的巧匠，曾四處向人們傳授技術和經驗，很受百姓的愛戴和稱讚，但是有些人偏不服氣，認為魯班是徒有虛名。

　　有一天，一個年輕人來到魯班家門前，只見他挺著肚子，癟著嘴，眼角向上，一副狂傲自滿的樣子，手裡還拿著一把斧頭。經過魯班家門前的人看到後，問他來做什麼？年輕人回答，他是來找魯班比試建造的技術，還說自己曾經幫魯王建造宮殿，並且得到魯王的肯定。眾人聽了，指著魯班家的大門說：「既然這樣，這扇門是魯班親自做的，你若能做出一模一樣的門，就有資格和魯班比試。」年輕人說這個容易，自己是幫魯王蓋宮殿的大師，做一扇門有什麼難的！於是年輕人揮動斧頭並觀察大門，看了一會兒，他的臉色慢慢由不屑轉為驚愕，再轉為恐慌，最後是滿臉愧色。然後年輕人什麼也沒說，就拿著斧頭走了。圍觀的群眾一陣大笑，感嘆年輕人是在魯班門前耍弄大斧啊！

❷無的放矢　❶班門弄斧

「**班**門弄斧」的故事發生在春秋時期的魯國，魯班的故里在今中國山東省曲阜市。

成語小字典

【解　釋】　指在巧匠魯班門前玩弄大斧。比喻在行家面前賣弄本事，不自量力。

【出　處】　唐・柳宗元〈王氏伯仲唱和詩序〉

【相似詞】　布鼓雷門、不自量力

成語接龍

班門弄斧→斧鉞(ㄩㄝˋ)之誅→誅一警百→百花齊放→放虎歸山→山高水長→長年累月→月黑風高→高聳入雲→雲開見日→日薄西山

1 2

3 4

工匠的祖師爺——魯班

　　魯班是中國古代著名的工匠，他無意中被草葉割傷，受草葉形狀啟發而發明了鋸子，大幅提高木工製作的效率。玩具魯班鎖、魯班球、九連環，與生活有關的魯班凳、魯班磨、魯班井、魯班傘，乃至中國兒歌有一句「趙州橋來魯班修」也流傳甚廣，還有中國建築工程品質最高獎項——魯班獎，都讓魯班這個名字深深烙印在人們的腦海裡。那麼，魯班究竟是怎樣的人呢？

　　魯班並不姓魯，他姓姬，公輸氏，名班，人稱公輸般或公輸盤，因為是春秋時期魯國人，常被稱為魯班，真名反而很少被人提及。魯班出身於工匠世家，從小耳濡目染，長大後精通各種建築構造及機關技巧，發明了很多實用的東西，大大提高了生產效率，受到百姓的歡迎。魯班也漸漸被神化，很多民間的發明都被冠上魯班的名字。實際上，魯班已經成為一種象徵，代表人們從古至今智慧的結晶，影響了過去、現在和未來。

請君入甕ㄨㄥ

　　唐朝武則天當皇帝的時候，任用了很多個性殘暴的酷吏。在這些酷吏中，有兩個人十分受到武則天的信任，一個叫周興，一個叫來俊臣。

　　有一次，有人控告周興有意謀反，於是武后下令要來俊臣審問周興，而周興不知此事。來俊臣知道周興非常固執，於是靈機一動，想到一個辦法。他請周興到家裡吃飯，並且趁周興高興的時候，嘆氣問：「犯人不肯承認罪行時，你有什麼好辦法來對付他們？」周興說：「我有一個辦法。你準備一個大甕，然後在四周點起炭火，再命令犯人進入甕裡，嘴再硬的人都能招供。」來俊臣聽了，隨即命令手下找來大甕，並在四周架起炭火烘烤，然後站起來對周興說：「有人控告你要謀反，皇帝命我查辦，現在請你進入這個甕中吧！」周興嚇得立刻跪在地上磕頭，老實的招認罪行。

黃河

唐

洛陽

長安（西安）

來俊臣

周興

成都

長

江

❶

❷

「請君入甕」的故事發生在長安，長安是唐朝都城，位於今中國陝西省西安市。

❶放虎歸山 ❷四腳朝天

成語小字典

【解　釋】 比喻以其人之法，還治其人之身。亦用於比喻使人陷入已設計好的圈套。

【出　處】 唐・張鷟《朝野僉載》

【相似詞】 自作自受、作法自斃

成語接龍

請君入甕→甕聲甕氣→氣吞山河→河山破碎→碎瓊亂玉→玉樹臨風→風雲人物→物華天寶→寶刀不老→老當益壯→壯志凌雲→雲開見日

85

毛皮皮，你喜歡玩水嗎？

媽媽，你不知道我最愛玩水嗎？

那你幫我洗碗吧！

中了媽媽的請君入甕之計……

中國歷史上唯一的女皇帝——武則天

　　中國從秦始皇開始，到清朝末代皇帝溥儀退位，這兩千多年間，共有四百二十二位皇帝，其中真正的女皇帝只有一人，就是武則天。在男尊女卑的中國封建社會裡，武則天是憑藉什麼成為中國歷史上唯一的女皇帝呢？

　　武則天是唐太宗李世民的女官（即宮女），也是唐高宗李治的皇后，與唐高宗共掌朝政。唐高宗去世後，武則天相繼廢掉兩個已經當過皇帝的兒子。天授元年（690年）九月，武則天登上帝位，自稱聖神皇帝，改國號為周，成為中國歷史上唯一的女皇帝。從她參與朝政到自稱皇帝，再到重病移居上陽宮，前後執政近半個世紀，上承「貞觀之治」，下啟「開元盛世」，史稱「貞觀遺風」，功績顯著。

　　武則天執政時，整頓吏治、拔擢賢才，對於貪贓枉法的官吏，不論官位高低，一律嚴懲。她對於直言敢諫的臣民十分敬重，盡量採納他們的建議。同時，她重視農業發展，減輕勞役、降低賦稅、與民休息。因此武則天統治時期，社會經濟得以持續發展，人口持續增長，邊疆得到鞏固和開拓。

按圖索驥ㄐㄧˋ

春秋時期，有個秦國人叫孫陽，是著名的相馬專家，只要他往馬前一站，打量一眼，立刻就能知道這匹馬幾歲、產地在哪裡、能跑多快。據說天上管馬的神仙叫做伯樂，因此人們稱呼孫陽為伯樂。孫陽寫了一本相馬的書，叫《相馬經》，在這本書裡，他把馬的長相、特點都寫了出來，還配上插圖，供讀者查閱參考。孫陽有個兒子也想學相馬，他看到父親的書裡寫著千里馬的特點是寬額頭、大眼睛、蹄子像豆腐塊，就拿著書到外面去尋找千里馬。他看見一隻癩ˋ蝦ˊ蟆ˊ符合書裡寫的特點，就捉了回去，然後對孫陽說：「我今天找到一匹好馬。」孫陽看見癩蝦蟆後哭笑不得，說：「這匹馬跳高很厲害，可惜不能騎啊！」

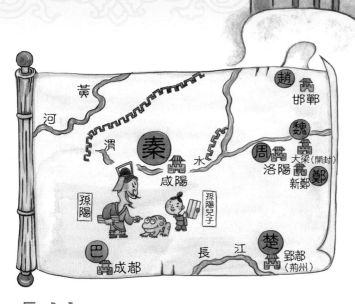

「按圖索驥」的故事發生在春秋戰國時期的秦國，秦國是當時的諸侯國，位於今中國的陝西、甘肅、四川一帶。

成語小字典

【解　釋】　按照前人所畫的圖像，去尋求當代的良馬。比喻做事拘泥成規，呆板不知變通。後比喻按照所掌握的線索辦事。

【出　處】　《漢書·楊胡米梅云傳·梅福》

【相似詞】　順藤摸瓜、膠柱鼓瑟

【相反詞】　隨機應變、見機行事

❶一模一樣　❷從天而降

成語接龍

按圖索驥→驥子龍文→文武雙全→全心全意→意氣用事→事不過三→三教九流→流年似水→水落石出→出其不意→意料之中→中流砥柱

1 2

3 4

成語小學堂

趣說伯樂

生活中，我們會說某人懷才不遇，沒有遇到伯樂。那麼，伯樂是什麼人呢？

伯樂原名孫陽，春秋中期郜國人。他在秦國富國強兵的過程中，以相馬人的身分立下了汗馬功勞，被封為「伯樂將軍」。

春秋時期，隨著生產力的發展和軍事的需要，馬的作用已十分突顯，孫陽就是在這樣的歷史條件下，選擇相馬作為自己終生的事業。孫陽從事相馬這個職業時，還沒有關於相馬的著作可以參考，只能靠比較摸索、深思探究去發現規律。孫陽勤奮的學習相馬，在工作中盡職盡責，而且除了做好相馬、薦馬的工作外，他還為秦國舉薦了九方皋這位能人賢士，傳為歷史佳話。孫陽經過多年的實踐和長期的潛心研究，在取得豐富的相馬經驗後，進行了系統性的總結與整理，並且搜集資料，反覆推敲，寫成中國第一部相馬學著作——《相馬經》，書中圖文並茂，被相馬者奉為經典，在中國養馬學、相馬學等領域具有重要地位。

探驪ㄌㄧˊ得珠

很久以前，在黃河附近住著一戶人家，平常靠捕魚、割蘆葦來編草簾為生，生活過得很艱苦。有一天中午，這戶人家的兒子在河邊割蘆葦，因為實在太熱了，他就到河邊的樹下休息。兒子看見河裡波光閃閃，想起父親曾經告訴他河裡有許多奇珍異寶，但是被一條凶惡的驪龍看守著，這麼多年一直沒有人敢下去尋寶。兒子心想：我們家這麼窮困，如果能找到河裡的珍寶，就再也不用愁了。於是他跳進河裡。剛開始，兒子還能看見小魚、小蝦在身邊游動，後來眼前越來越黑，只覺得河水冰冷刺骨，讓他有點害怕。

就在這時，兒子看見前方出現白光，亮得讓他幾乎睜不開眼，定睛一看，居然是一顆巨大的寶珠。兒子非常高興，拿起寶珠向水面游去，上岸後，他一溜煙就跑回家裡。當父親看見兒子手裡拿著一顆寶珠時，連忙問他是在哪裡得到的。兒子一五一十敘述了一遍，父親鬆了一口氣的說：「我聽說這顆寶珠是放在驪龍的嘴巴旁邊，牠今天一定是在睡覺，才能被你拿走，你真是幸運啊！」

看圖猜成語

「探驪得珠」的故事據說發生在黃河,黃河是中華民族的發祥地。

❶ 海市蜃樓 ❷ 緣木求魚

成語小字典

【解　釋】 本指獲得極為珍貴的寶物。後引申為寫作文章能抓住重點,深得題旨的精髓。

【出　處】 《莊子‧列禦寇》

【相反詞】 文不對題

成語接龍

探驪得珠→珠光寶氣→氣象萬千→千山萬水→水深火熱→熱火朝天→天經地義→義正辭嚴→嚴陣以待→待人接物→物華天寶→寶刀不老

昨天我寫了一篇作文，老師誇我寫得很好，
稱得上是探驪得珠。

是關於什麼的作文？

檢討書

我真心誠意的檢討⋯⋯

毛皮皮

吉祥的象徵——龍

「龍」在中華文化中是神聖吉祥的象徵，幾千年來一刻也未曾離開過中華民族的生活。說來有趣，世界上本來沒有龍，可是在中華民族的生活中，龍的形象卻比ㄅㄧˇ比ㄅㄧˇ皆是。

龍的種類很多，據說有鱗的是蛟ㄐㄧㄠ龍、有翼的是應龍、有角的是虯ㄑㄧㄡˊ龍、無角的是螭ㄔ龍、沒升天的為蟠龍，另外還有夔ㄎㄨㄟˊ龍、飛龍等。龍的造型也是多彩多姿，有正面蟠臥、姿勢端莊的坐龍，曲身像弓的行龍，昂頭向上、飛舞奔騰的升龍，俯動地下、躍頭回伸的降龍，騰躍雲海、藏頭露尾的雲龍，身尾捲草、華麗和諧的草龍，軀幹挺拔、折轉圜ㄩㄢˊ方的拐子龍……其中最為人津津樂道的造型便是二龍戲珠。二龍戲珠又稱雙龍戲珠，是兩條龍戲耍（或搶奪）一顆圓珠的圖案。

龍在中華傳統文化中，具有複雜多樣的象徵意義：象徵四方中的東方，代表陽氣、春天、雨水，又象徵王權。民間很多節日都有與龍有關的內容，如元宵節舞龍燈、端午節划龍舟等。

國家圖書館出版品預行編目（CIP）資料

哇！成語原來很有趣 4 民間故事篇 / 鄭軍作；
鍾健、蘆江繪 . -- 初版 . -- 新北市：大眾國際書局
股份有限公司 大邑文化，西元 2023.11
96 面；19x23 公分 . --（知識王 ；9）

ISBN 978-626-7258-46-0（平裝）

802.1839   112013993

知識王 CEE009

哇！成語原來很有趣 4 民間故事篇

| 作　　　　者 | 鄭軍 |
| 繪　　　　者 | 鍾健、蘆江 |

總　編　輯	楊欣倫
副　主　編	徐淑惠
執　行　編　輯	李厚錡
封　面　設　計	張雅慧
排　版　公　司	芊喜資訊有限公司
行　銷　業　務	楊毓群、蔡雯嘉、許予璇

出　版　發　行	大眾國際書局股份有限公司 大邑文化
地　　　　址	22069 新北市板橋區三民路二段 37 號 16 樓之 1
電　　　　話	02-2961-5808（代表號）
傳　　　　真	02-2961-6488
信　　　　箱	service@popularworld.com
大邑文化 FB 粉絲團	http://www.facebook.com/polispresstw

| 總　經　銷 | 聯合發行股份有限公司 |
| | 電話　02-2917-8022　　傳真　02-2915-7212 |

法　律　顧　問	葉繼升律師
初　版　一　刷	西元 2023 年 11 月
定　　　　價	新臺幣 300 元
I　S　B　N	978-626-7258-46-0